THE SLEEPING BEAUTY

—《睡美人》小说版—

沉睡魔咒

[英] 埃文斯 / 改编　　[英] 拉克汉 / 绘图

孙　甜 / 译

天地出版社
TIANDI PRESS

图书在版编目（CIP）数据

沉睡魔咒：《睡美人》小说版／（英）埃文斯改编；
（英）拉克汉绘图；孙甜译. —成都：天地出版社，
2015.7（2019.12重印）
　ISBN 978-7-5455-1429-2

Ⅰ.①沉… Ⅱ.①埃… ②拉… ③孙… Ⅲ.①儿童文
学—图画故事—英国—现代 Ⅳ.①I561.85

中国版本图书馆CIP数据核字（2015）第097161号

chenshui mozhou
沉睡魔咒
[英]埃文斯／改编　　　[英]拉克汉／绘图　　孙甜／译
—— 阅读·成长 ——

出品人	杨　政
策划组稿	卢亚兵　方雅维
责任编辑	蔡龙英
封面设计	李　光
电脑制作	跨　克
责任印制	田东洋
出版发行	天地出版社
	（成都市槐树街2号　邮政编码：610014）
网　址	http://www.tiandiph.com
电子邮箱	tianditg@163.com
印　刷	山东省东营市新华印刷厂
版　次	2015年7月第一版
印　次	2019年12月第二次印刷
成品尺寸	165mm×230mm　1／16
印　张	6.5
字　数	63千
定　价	24.00元
书　号	ISBN 978-7-5455-1429-2

目录

第一章　青蛙报喜

从前，有一位国王，他拥有普通人梦寐以求的所有东西。他和王后住在一座华丽的宫殿里，金银财宝堆积如山；老百姓安居乐业，生活富足。

可是这些都不能令国王和王后称心如意，两人总是闷闷不乐，因为他们结婚许多年了，却一直没有孩子。他们做梦都想要一个自己的孩子，好好地疼爱他、照顾他。

国王常常对王后说："唉，要是我们有个孩子该多好啊。"王后看一眼国王，无奈地叹口气，两人都很难过。

每天上朝时，国王和王后就戴上金色的王冠，并排坐在宝座上，接受王公大臣、名媛贵妇或者外国使者的觐见。

出于礼貌，他们始终面带笑容，可是心里却一点儿都不快活。他们不能流露出自己内心的真实情感，这就是当国王或王后最不自在的地方了。

有一天，王后来到浴池沐浴。她更衣后，便让侍女们退下。

王后走下大理石台阶，浸泡在浴池里，随意拨弄着几片撒在水面上的玫瑰花瓣。

忽然，她听到一个低哑的声音说："呱呱！王后，高兴点儿吧，你最大的心愿就要实现了。"

"谁在说话？！"王后惊呼道。她环顾四周，并无一人，心里有点儿害怕。

"看看你背后，"那个低哑的声音说，"呱呱！别怕，我是来给你报喜的。"

王后转过身，只见一只巨大的青蛙瞪着圆滚滚的眼睛看着自己。

王后吓得往后缩了缩身子，她很怕青蛙，因为它们的身体冰冰凉、黏乎乎的。但她很有礼貌和教养，没有表现出任何不悦。

"青蛙先生，你是说我的心愿就要实现了吗？你知道我的心愿是什么吗？"王后问。

"你想要一个自己的孩子。"青蛙说。

王后点了点头。

"很好，"青蛙继续说，"看到栅栏外那棵杏树上的绿叶了吗？"

"嗯，看到了。"王后不明白青蛙的意思。

"绿叶会枯萎，"青蛙说，"冬天的寒风把它们刮落，树枝变得光秃秃的。等到明年春天新叶长出来以前，树枝上会开满粉红的杏花，那时候你怀里就会抱着一个小宝宝啦！"

王后高兴得叫了起来。这时林间透过一缕阳光，晃花了她的眼，她只好把眼睛闭上一会儿。当她再睁开眼睛时，青蛙已经不见了，只有娇艳的玫瑰花瓣还在水面上漂荡。

第二章　玫瑰公主

一只来无影去无踪的奇怪青蛙捎来了好消息。王后相信，这只青蛙具有某种魔力，它的预言一定会实现的。

果然，等到来年春天的时候，杏树枝头开满了粉红色的杏花，王后顺利产下了一个女儿。人们从没见过这么漂亮的小女孩。

王宫上下一派喜气洋洋。国王高兴坏了，连礼服都忘了换，穿着睡衣就去上朝了，大臣们笑话他，他也毫不放在心上。仆人们在宫殿和走廊里奔走相告。信使骑着快马把这个喜讯传到全国各地，包括最边远的地方。

教堂里大钟齐鸣，家家户户都挂上了彩旗，路边结满了彩带。

砰！砰！砰！

礼炮鸣响，国王发出布告：举国放假，共贺王后诞育小公主之喜。

"我从来没见过这么漂亮的孩子。"国王看着王后怀里的小女儿，很想亲自照顾她。不过这可不行，你知道的，男人们照顾起婴儿来总是笨手笨脚的。

"给她起个什么名字呢？"国王沉吟着，他认为这么漂亮的孩子一定要有一个配得上她的名字，便把所有能想到的最好听的名字一股脑儿地列了出来，可是王后都不喜欢。

"我给她起名叫玫瑰。"王后说。

公主的名字就这么定了。

几周以后就是玫瑰公主的洗礼仪式。仪式十分盛大隆重，全国所有的王公贵族、名媛贵妇、外国使者、异邦王子，全都穿着最华丽的盛装出席。

小公主一直乖乖的，一声都没哭，只是睁开她那双水汪汪的蓝色大眼睛对着宾客们微笑，好像明白今天是什么日子。

老百姓挤在教堂外面的道路两旁看热闹。只见王室的马车引领在前，贵宾乘坐的马车一辆接一辆地跟在后面，排了将近一里远。王后抱着玫瑰公主坐在马车里，沿路围观的人们纷纷向她们脱帽致敬，高声欢呼。

有几个男孩子爬
到高高的树上和路灯柱
子上，想看得更清楚
些。还有个男孩爬到了
酒店的招牌上，那块招
牌摇摇欲坠，十分危
险，他妈妈生怕他摔下
来，顾不上看热闹了，
只得牢牢抓住他的腿。

王宫里已经准备好了一场丰盛的宴会。

那时候有一个习俗，国王的孩子接受洗礼时，要邀请全国的女巫来参加并让她们做公主的教母。每位女巫都要带来一份礼物，祝愿王室的孩子将会拥有人们所渴望的一切。

这个王国有十三名女巫，其中一位女巫住在偏远的郊区。过去五十年来，这位老巫婆一直隐居在一座破败的塔楼里闭门不出，只有一只黑猫与她为伴。她脾气古怪、铁石心肠，从不和其他人来往，久而久之，大家都忘了她的存在，结果她没有获邀参加小公主的洗礼宴会。老巫婆为此非常生气，她知道，现在宾客云集在王宫的宴会厅中，盛大的宴会开始了。

第三章　洗礼庆典

　　国王和王后坐在宴会厅前方的高台上，旁边有一支由小提琴手和笛子吹奏者组成的乐队。国王和王后左右各坐着六位女巫教母。每位女巫面前都摆着一个金盘子和一个金匣子，里面放着刀叉和勺子。这些小匣子精雕细琢，形状各异，十分精美。有的做成船形，有的做成贝壳的样子，还有的做成一个带角楼的小城堡，精致得令人难以想象。这些小匣子是由全国的能工巧匠为了今天这个场合特意打造的，是国王送给每位女巫教母的礼物。女巫们对这份礼物赞不绝口、爱不释手，国王感到很自豪。

高台下方摆放着六张长长的餐桌，高朋满座，席间仅容仆人来往上菜。自打国王举行加冕礼以来，宾客们还是头一次见到这么辉煌壮观的场景。他们谈笑风生，身着锦缎华服，珠光宝气，满室生辉。

宫廷画师也在场，他用精妙的画笔将这一幕描摹下来。画师只顾埋头在画板上唰唰地作画，连饭都没空吃，不过待会儿他会美美地享用一顿大餐。

餐桌上摆满了丰盛的美味佳肴：用东方珍稀香料调制的五香肉丸；产自撒丁岛的沙丁鱼、地中海的金枪鱼和俄国的鲟鱼；热气腾腾的烤猪头嘴里还塞着柠檬；烤鸡、孔雀、天鹅和燕雀；香喷喷的烤肉和炖菜；狍子肉和熊肉火腿；做成各种形状的甜点，比如做成城堡的蛋糕，城垛上站着糖做的小哨兵，身穿镀金盔甲，肩上扛着长枪；冰雕的老鹰在盛满杏仁的银碟子上方，仿佛正在盘旋觅食。

还有几道小吃：

雪白精致的小蛋糕，就像女士的纤纤玉指；棉花糖做的鸟窝（窝里还有棉花糖做的鸟蛋，每一只蛋里都有焦糖做的小鸟！）；产自沙漠地带的无花果和椰枣；各种时令水果和反季水果；天南海北的糖浆和蜜饯；从遥远山区运来的冰镇美酒……

光是把所有美味佳肴的名字写下来就要写满好几页纸呢！

仆人们跟在主厨身后鱼贯而入，奉上一道道美味佳肴；主厨绷着脸，神色肃穆得就像大主教。伺候客人们的小听差都训练有素，他们穿着王室的统一制服，单膝跪地，恭恭敬敬地将菜肴和美酒呈给客人。

客人们尽情地享用美餐，小提琴手演奏着美妙的音乐，国王心情大好，别人说什么他都哈哈大笑。午后明媚的阳光照进西边的窗口，照亮了墙上华丽的帷幔，照得名媛贵妇身上的珠宝首饰闪闪发光，照得黄金砌成的水池边的大理石走道熠熠生辉。

但是，就在全场欢快的气氛达到最高潮的时候，发生了一件事情：人们突然听到一声尖叫，一个像乌鸦聒噪般刺耳的声音响了起来——

"先生们，女士们，祝你们开心！"那声音说，"趁着你们还能笑，尽情地笑吧！不过别忘了，笑完之后可能就要哭了。"

热闹的宴会突然静了下来。王后的脸色唰地变得苍白，浑身发抖。只见门口出现了一个奇怪的身影，国王一下子站起来，客人们一齐朝那边望去。

只见门口站着一个腰弯得像虾米的老妇人，脑袋低低地垂在胸前，灰白的头发乱蓬蓬的。她的面孔因为愤怒而扭曲，绿色的眼中闪着恶狠狠的光芒。

她慢慢地向高台走去，伸手指着女巫教母们面前放的金盘子和小匣子。"一个，"她厉声尖笑，边走边数，"两个，……十二个！噢，国王，你知道吗，在你的王国里有十三位聪明的女巫，而在这第十三位女巫中，我恰恰是所有女巫里最聪明、法术最高强的。那么，我的金盘子和金匣子在哪里呢？"

国王心里明白自己一时疏忽怠慢了老巫婆，只好诚挚地向这位愤怒的女巫道歉，请求她原谅自己的疏忽大意，并请她坐下参加宴会。国王说："我们非常欢迎您！"

"真的吗？"这第十三个女巫说，"我来得还不算晚，宴会还没结束。我的妹妹们用金盘子吃饭，我就用银盘子吃饭吧，不过没有造型别致的小匣子给我了。不要紧，我很满意，因为我及时赶到，给公主带来了一份礼物！"说完，老巫婆又发出一阵不怀好意的怪笑。客人们听得毛骨悚然，全身上下的血液都变得冰凉。

国王好言相劝，老巫婆这才坐下，宴会继续进行。然而宴会上空仿佛笼罩着一层寒意，一切都变了味儿。老巫婆吧唧吧唧地吃着食物，时不时暗自窃笑，仿佛有什么阴谋诡计即将得逞。其他女巫都很害怕这个邪恶的老巫婆，惴惴不安地看着她。其中一位最年轻的女巫恰好坐在长桌的尽头，她轻轻站起来，悄悄走到帷幔后藏了起来。没人注意到她离开，也没人在意这事。

第四章　死亡诅咒

现在到了洗礼庆典最重要的时刻：女巫教母们将要宣布她们送给小公主的礼物。

玫瑰公主一直安安静静地睡在婴儿房的摇篮里，由一位曾经照顾过王后的老仆人照看着。国王命人把公主连同摇篮送到宴会厅来，宾客们停止说笑，乐手们也放下了乐器。

老仆人把熟睡的小公主抱起来，王后接过孩子，把她轻轻地抱在怀里，俯下身子挡在她面前，似乎生怕小公主受到任何伤害。看到这样一幕母女情深的场景，不管多么铁石心肠的人都会感动，偏偏只有一个人丝毫不为所动——老巫婆阴恻恻地笑着，露出焦黄的牙齿。

"王后，"老巫婆说，"你的脸色苍白，嘴唇哆嗦。今天是给公主洗礼的好日子，你怕什么呀？"

王后浑身发抖，没有说话。

一位女巫站起来说道：

"从我开始吧。我送给玫瑰公主的礼物是美丽。她的眼睛会像星星一样明亮，头发宛如她出生那天的春日艳阳般耀眼，面容如同她的名字玫瑰一样娇艳。没有人比她更美丽。"

轮到第二位女巫，她站起来说："有了美丽，还要有智慧。公主将会比任何人都更聪明。"

"我送给公主的礼物是美德。"第三位女巫说。王后听了点头微笑，尽管她知道美丽和智慧很重要，但她也明白，没有一颗善良的心，美丽和智慧都毫无意义。

女巫们依次轮流说出她们送给玫瑰公主的礼物——

第四位女巫说，公主的举止将无比优雅。

第五位女巫说，公主的歌声就像夜莺般美妙动听。

第六位女巫说，公主跳起舞来就像精灵一样轻盈。

………………

就这样，公主几乎拥有了所有的美德和才艺。可是直到女巫们纷纷说完了，那个邪恶的老巫婆还没有开口说话。

最后，老巫婆站起来，恶狠狠地扫了一眼众人。

"你们都说完了？"她说，"那就听听我的祝福吧——公主长到十五岁那天，会被纺车的纺锤刺破手指，然后马上死掉！"

所有人听到这个可怕的诅咒都吓得浑身发抖。王后大哭起来，把熟睡的孩子紧紧抱在怀里。

"别，别！行行好吧！"王后哭着说，"求你将这厄运降临在我身上，不要伤害这个无辜的孩子！"

宾客们听到王后的哀求都流下泪来，但老巫婆却喃喃自语，仿佛在念咒语。国王气得跳了起来，伸手握住挂在腰间的镶嵌着宝石的匕首，想要一刀将这邪恶的老巫婆毙命。他还没来得及拔出匕首，突然有人出声阻止了他！

"国王陛下，住手！——否则事情只会变得更糟！如果普通人伤害了女巫，必将受到惩罚。放心，您的女儿不会死！"

众人循声望去，只见第十二位年轻女巫从藏身的帷幔后走了出来。"我还没有送出礼物，"她说，"虽然我不能消除我的姐姐所造成的伤害，也无法阻止她所施的魔咒。公主的确会在她十五岁生日那天被纺车的纺锤刺破手指，但她不会因此死去，只是陷入了沉睡，与整个城堡一起，沉睡一百年。一百年以后，一位王子将会唤醒公主，整个城堡将重现生机！"

第五章　魔法师解咒

虽然死亡诅咒已经避免了，但可怜的小公主仍然面临着潜在的厄运，人们都盼望国王能阻止预言的实现。

国王首先将本国和邻国的魔法师全部召集起来，并许诺：谁能破解这个邪恶巫婆的咒语，就有重赏。

一大批魔法师闻讯赶到王宫来，有的魔法师留着长长的白胡子，一直垂到脚上；有的魔法师一根胡子也没有；有的魔法师头顶光秃秃的；有的魔法师头发乱蓬蓬的，好像几百年没有梳过。一连好几天，王宫里的魔法师比猫还多，走进任何一个房间都会惊扰到他们。他们苦苦沉思着，流露出只有魔法师才有的睿智表情。但他们百思不得其解，只好讨要了路费，灰溜溜地离开了王宫。

最后来了一位最聪明、最德高望重的老魔法师。他听说了国王的要求，便回家去查阅他的秘密藏书。那可是最伟大的魔法师梅林亲手所写，包含了从古到今所有的魔法知识。

　　回家后，老魔法师就去了密室。密室位于一个乱石嶙峋的悬崖峭壁上，他念起咒语，打开沉重的大门，走进密室。

　　梅林写的魔法书有许多卷，内容按照字母顺序排列，找起来很方便。老魔法师先翻到"公主"一词。

这个条目下有五百多页，内容十分有趣。比如：

公主：怎样把牧鹅姑娘变成公主

把公主关在高高的、只有某一支号角奏出的音符才能震碎的铜墙里的咒语。

公主：魔法戒指

使用改良后的新方法可以把贪婪的公主一家变成小鹿又变回原形。

公主：一个神奇的方法

公主吃了一种蘑菇后会长高或变矮，并指示这种蘑菇长在什么地方。（注：吃太多公主会完全消失。）

但是魔法书上根本没有提到怎样阻止公主被纺车的纺锤刺破手指继而陷入沉睡的方法。

老魔法师把这五百多页从头读到尾，又翻到"睡眠"一词，希望这次运气好能找到答案。

这个条目下的内容就靠谱多了，有催眠药的配方，还有失眠药的配方。老魔法师翻到最后，满以为找到了答案，激动地叫了起来，可是看完后才发现这个咒语只能用来对付虐待继子女的恶毒王后。

魔法是一门十分深奥的知识，施咒程序一不小心就会出差错。

老魔法师把整整两百页关于"睡眠"的条目全部看完了也没找到答案，不禁有些气馁。但他是个很有毅力的人，决不会轻言放弃。梅林的魔法书不行，他就尝试别的法子。

他用一条挂在天花板上的鳄鱼标本来占卜，鳄鱼肚子里传来一个声音，让他重复一遍咒语。

咒语是一个由常人语言中没有的音节组成的句子，听起来怪吓人的。念咒语也很费力气，老魔法师重复念完咒语后，足足歇了好几个钟头才缓过劲来。他又站起来，在岩洞里布满乱石的地面上挨着黄道十二宫画了几个五芒星、交叉的三角和圆圈，然后站在这些图案中间，举行了各种神秘诡异的仪式，可是却毫无成效。

老魔法师依然没有放弃。在一个没有月亮的黑漆漆的夜晚，他来到森林秘境中采集各种稀奇古怪的草药。回到家后，他把草药一股脑儿投入火盆里，草药一遇火便腾起各种颜色的火焰，冒出一团团浓烟，味道难闻得要命。老魔法师做完这一切，还是没有得到理想的结果。他又把从小当学徒以来学到的本事统统使了出来，比如看水晶球啦，把墨水滴到手掌上啦，可是这些法子也不奏效。

老魔法师十分泄气，正要放弃，就在这时他脑子里突然灵光一闪，想到了一条妙计，高兴得叫起来。这印证了那句老话：有志者事竟成。

他以最快的速度赶到王宫，请求觐见国王。国王二话不说就准许了，因为国王也正焦急地等着他回来呢。

"怎么样，"国王问，"你找到解决办法了吗？"

"找到了。"老魔法师答道，"我的法术果然没有令我失望！"他把一张羊皮纸递给国王，上面用拉丁文写了几句话，显得更加权威，不过里面有些文法错误，因为老魔法师在很小的时候就当学徒了，忽略了学习古文。这几句话是这样写的：

纺锤恐伤手，烧掉便无妨；
纺车无人用，何须纺纱忙。
纺锤全烧光，纺车无用场；
威胁尽数去，安心莫慌张。

国王高兴得直拍大腿。"可不是嘛！"他说，"这么简单的办法我怎么就想不到？魔法师，我看你这五千先令挣得不费吹灰之力！"

　　"呵，陛下，"老魔法师答道，"一旦想通了其中的关窍，万事都不难！"

　　他说得太对了。

第六章　国王的公告

　　国王赶紧照着老魔法师的主意办。第二天，他命人写了一份公告，派人张贴到王国里每一座教堂门口和每一个城镇的公共场所。

　　公告末尾是国王的手印及印章。

公 告

现有一名邪恶女巫目无法纪，对本国的合法统治者——至高无上的国王、王后和他们的掌上明珠玫瑰公主图谋不轨，欲损伤公主玉体。女巫在至高无上的国王和王后面前预言称：玫瑰公主年满十五岁时，将会被纺车的纺锤刺破手指，遭遇不测，令挚爱她的双亲痛不欲生！国王有令：

治下臣民须将所有纺车或纺纱工具，无论其为手摇的还是脚踏的，连同纺锤、梭子、线轴及所有零部件，悉数上交给国王任命的钦差大臣。

又及：任何人若抗旨不遵，私藏纺车或零部件，定将依法严惩！

公告一经颁布就在全国上下引起了巨大的轰动。老百姓从没见过公告是什么样的，纷纷跑出家门看个究竟。虽然没有几个人识字，但他们都意识到公告的内容一定非常重要。于是他们出一个便士请书记员和学者为他们念公告。书记员和学者往往生活贫寒，很乐意借这个机会挣上几个便士。他们通读公告并且向老百姓解释一番，往往要花上三个钟头的时间。其实这份公告本来可以写得简短一些，不过那样就显得不够庄重，因为公告可是法律文件。

　　第二天，国王的钦差大臣们骑马来到王国的每一个城镇和村庄。一位号手在前开路，每到一个街口，他就"呜呜呜"地吹起响亮的号角，引起老百姓的注意，然后他大步流星地走过每家每户的门口，高声喊着：

　　"把纺车搬出来！把纺车搬出来！"

　　人们纷纷把自家的纺车搬到门口，也有人小声嘀咕抱怨，因为那时候人们多数都是自耕自织，纺车能纺纱织布做衣服，有很大用处，但他们不敢违抗国王的命令。

　　几乎家家户户都有纺车。这些纺车大大小小，形状各异，有的还是崭新的，有的则是传家宝，用了几代人了。

钦差大臣们把纺车收到一起，装进马车运回都城，放在广场上堆积如山。

这一大堆纺车被付之一炬，国王、王后和王宫里的所有人都出来观看。成千上万的老百姓也来看热闹，巨大的火焰直冲云霄，木头燃烧时发出噼里啪啦的爆裂声，好像一百把手枪同时在开枪。

国王松了一口气，哈哈大笑，王后也微微一笑。玫瑰小公主被人抱到王宫的窗口前来看这堆篝火，她朝着美丽的火焰和人群张开双手。不过看热闹的老百姓就没那么高兴了，因为烧的可是他们的纺车。

"我的纺车都用了二十年了，"一个妇女发愁地说，
"现在纺车没了，叫我怎么给我家那六个正在长个子的小子
做裤子呢？"

"我家的纺车是去年圣烛节时，我家老头子花了五个银便士买的，"一个妇女说，"现在被火烧得直冒烟呢。"

"要是真能挽救我们的小公主，烧掉一架纺车又算什么？"另一个人说，"好了，振作点，国王这么做一定有理由，他不会眼睁睁地看着我们过穷苦日子。"

这话没错，国王是不会压迫自己的子民的。等纺车全部烧光后，国王很快又颁布了一份公告，称每一架纺车的主人都会得到赔偿。不仅如此，国王还让商人从邻国购买纺好的纱线。这样一来，老百姓虽然不能纺纱，但还能织布。

第七章　十五年后

　　对于这件发生在自己的洗礼仪式上的怪事，玫瑰小公主当然一无所知。国王命令任何人都不得向她提起此事。知道女巫预言自己在十五岁时会陷入沉睡，一睡就是一百年，就算最后会被一位英俊的王子唤醒，也不是一件开心事。所有的仆人和侍女都小心翼翼地守口如瓶。给公主讲故事的时候，要注意不能提到"纺纱"二字。让公主看书的时候，要留心书中有没有纺车、线轴和纺锤的图片，不然公主就会问这些是什么。在王国边境工作的海关官员必须仔细检查每一车进口的货物，以防里面夹带了纺车。如果有人被抓到企图偷运纺车进来，就会被押送到法官面前接受处罚。

　　有了这些措施，国王相信他已经使宝贝女儿避免了悲惨的命运。

随着时光的流逝，年轻女巫们的祝福一一成真。小公主长成了世界上最漂亮、最聪明、最优雅的少女。

公主就像春天的清晨般可爱，她有一双最纯净柔和的蓝眼睛，一头金色亮丽的秀发，仿佛有阳光从里面透出来。她一走进房间，人们就停下手里的活计看着她，心情也随之变得更愉快。

再来说说公主的聪明伶俐。

公主不管是学写字还是背诵乘法口诀都毫无问题，做起算术题来就和拼写单词一样轻松。她精通本国和邻国的历史，就连最难的地理问题也难不倒她。

她会做针线、会绣花、会编织、会画画，还能用五种语言背诵诗歌。

她学数学、植物学、天文学，甚至还学法律。总之，她的知识无比渊博，这都受惠于她的那些女巫教母的美好祝福。

除此之外，公主还多才多艺。她会弹奏各种乐器，比如小提琴、大竖琴、口琴、风琴、长笛和爱尔兰哨笛，就连一把普通的梳子，她也能用它奏出美妙的旋律。她的歌声像夜莺一样婉转动听，舞姿像精灵一样轻盈曼妙。

王宫上下，从仆人、侍女到厨房里的厨师都对她交口称赞。虽然人们有时会对王室成员说恭维话，但对玫瑰公主的赞美绝对是他们的真心话。

但是，玫瑰公主从不像某些自恃才貌双全的人那样骄傲自满。相反，她温柔又谦虚，因此深受大家喜爱。

人们也许会羡慕美丽的容貌和优雅的举止，也许会佩服优秀的能力，但只有温柔的性格和善良的心地才能赢得人们的爱戴。这两种美德都是第三位女巫送给公主的礼物。

就这样过了几年，终于到了玫瑰公主十五岁生日那天。

这一天好热闹呀！人人都来祝贺公主生日快乐，送来的礼物堆积如山，十几个仆人光是拆包裹都忙不过来。国王送给公主一匹白色的小马，马鞍是红色的天鹅绒，缰绳是金丝编织的，马镫是黄金打制的。王后送的礼物是一条漂亮无比、价格不菲的珍珠项链。就连厨房里负责转烤肉架的小男孩也给公主带来了一份礼物，尽管只是他亲手雕刻的一只小木鞋，公主却把它当成黄金做的一样十分珍视。

公主生日这天，唯一闷闷不乐的人就是王后。她脸色苍白，心神不宁地在房间里走来走去。

"亲爱的，"国王问道，"你怎么了？你不会是在想那个愚蠢的预言吧？"

"我没法不去想。"王后回答，"这十五年来我一直都忘不了，现在我害怕的日子终于来临了。"

"别担心，"国王安慰道，"不会有事的。我一直留意着，方圆百里内都没有纺车！"说完，国王笑呵呵地去出席内阁会议了。王后却摇了摇头，仍然放心不下。

就在国王和王后交谈的时候，玫瑰公主和以往一样，在城堡里转来转去，把每个房间都逛了个遍。城堡实在太大了，楼梯和走廊就像纵横交错的迷宫，没来过的人很容易迷路。但玫瑰公主对城堡的每一个角落都非常熟悉。她知道每逢举办宴会的时候，二十几个厨师就在巨大的地下厨房里为成百上千位宾客准备宴席；她也知道哨兵们扛着长矛在城垛上最高的角楼旁站岗。只有一个地方玫瑰公主从来没有去过，那就是位于城堡最东边的一座古老的塔楼。

53 沉睡魔咒

塔楼的大门总是锁着，公主好几次试着寻找钥匙都没找到。仆人告诉她那座塔楼已经有将近一百年没人住了，也从没见有谁进去过。

玫瑰公主不耐烦地从一个地方溜到另一个地方。她先跑到厨房门外偷看，见厨房里的小帮工正在转动烤肉架，上面架着一整头被火烤得嗞嗞作响的牛。接着她又溜进空无一人的王座室，只见高台上并排放着两个宝座，墙上挂着华丽的帷幔，闪耀着彩虹般绚烂的色泽。然后她爬上城垛，在那里可以凭栏眺望到几公里以外的景色。公主还嫌不够，又钻进角楼，从窄窄的窗缝俯瞰下面的宫廷。这里好高呀，下面的人看起来和老鼠差不多大。

然后公主走下来，继续在城堡里游荡，搜索着各个偏僻的角落，最后来到那座从没进去过的古老塔楼。她盯着门看，突然惊喜地叫起来——

　　锁孔里赫然插着一把钥匙！

第八章　魔咒降临

那是一把生锈的钥匙。

玫瑰公主一开始还担心钥匙拧不动，没想到钥匙轻轻一拧就转动了。古老沉重的铰链门发出吱吱嘎嘎的响声，随后朝内打开，玫瑰公主走了进去。这是一间漆黑的小屋，地上积满了经年累月的厚厚灰尘。屋里有一座旋转楼梯通往上方，玫瑰公主正要走上楼梯，背后突然传来一个声音，她立刻警觉地转过身来。

不知什么东西扑棱棱地拍着翅膀，只见一个黑影从她面前飞掠而过，一双黄色的眼睛闪着幽幽的光。原来是一只藏在塔楼里躲避阳光的猫头鹰，不过它把可怜的玫瑰公主吓坏了。公主犹豫不决，不知道该不该退回去。

可是那座旋转楼梯深深地吸引着她，公主想看看它究竟通往何处，便提起裙角，以免碰到那些爬来爬去的小爬虫。她用最快的速度冲上楼梯，顺着楼梯转呀转，终于来到了楼顶——面前又是一道门。

门上同样插着一把生锈的钥匙，和第一道门一样。玫瑰公主轻轻一拧，钥匙就转动了，她推开门走进去。

这是一个小小的房间，阳光从窄窄的窗户外透进来，照亮了房间。窗户下方摆着一张长椅和一辆纺车，一个老妇人坐在上面纺纱。

"早上好，老奶奶！"公主礼貌地问候道，"您在做什么呀？"

"我在纺纱，好孩子。"老妇人答道，并没有停下手里的活计。

"纺纱？"公主好奇地问，"噢，让我看一看！这个欢快地转动的东西是什么呀？"

"这是纺车。"老妇人说，"怎么，孩子你好像从没见过这东西？"

"我真的没见过。"公主说，"真有趣！不知道我能不能做得像您那么好，能让我试试吗？"

"当然可以，"老妇人说，"每个姑娘都应该学会纺纱。给你，好孩子。"她把纺锤递给玫瑰公主。

不知道是因为公主接过纺锤时太过心急，还是因为女巫的预言不可避免，纺锤的铁尖刺破了她的手指，她一下子头晕目眩起来，慢慢地往后倒在长椅上，陷入了沉睡。

就在这一刻，沉睡魔咒降临了！降临到城堡里每一个男人、女人、小孩和动物身上——

国王正在和大臣们开会，话说了一半就停了，嘴巴还张着。没人议论国王的举止古怪，因为大臣们也坐在原地睡着了。

门外站岗的哨兵靠着长矛睡着了。王后寝宫里的侍女们也陷入了沉睡，一个侍女正在给手绢绣花边，另一个侍女正在逗鹦鹉说话。王后坐在椅子里睡着了，一个正在唱歌的小听差也睡着了。

沉睡魔咒在整个城堡里蔓延开来——

大臣、官员、仆人、厨师、听差、卫兵和仪仗队全都睡着了，就连马厩里的马儿和狗窝里的狗儿们也像死了一样一动不动。窗户上的苍蝇不再嗡嗡飞，屋顶上的鸽子也不再咕咕叫。在巨大的厨房里，仆人们洗着碗就睡着了。厨师扬起手来正要打一个小帮工，也睡着了——这个巴掌一百年内都落不到小帮工脸上，小帮工正要张嘴喊痛，"哎哟"声还没喊出来就睡着了。

桌子下面啃骨头的狗儿睡着了。

守在老鼠洞口的猫儿睡着了，躲在洞里的老鼠正把尖尖的小嘴巴伸到洞口警惕地闻来闻去，这时候也睡着了。

烤肉架上串着的鹌鹑和野鸡原本正在火堆上方转动，现在也不转了，火苗不再跳动，炭火熄灭了。

城堡里万籁俱寂。田野上，羊儿停止了咩咩叫，马儿停止了嘶鸣，母牛也不再哞哞叫。树上的鸟儿安静了。上一刻空中还回荡着它们啾啾的鸣叫声，下一刻就静得像一片荒无人烟的沙漠。林间的风停息了，叶子纹丝不动，天空中的白云也一动不动。

就这样，沉睡魔咒笼罩了城堡里的一切事物。玫瑰公主躺在古老塔楼里的长椅上，等着一百年以后一位王子前来唤醒她。

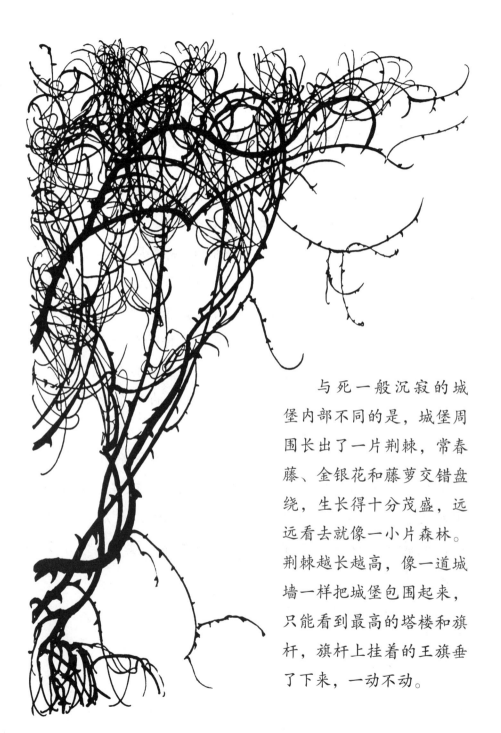

与死一般沉寂的城堡内部不同的是，城堡周围长出了一片荆棘，常春藤、金银花和藤萝交错盘绕，生长得十分茂盛，远远看去就像一小片森林。荆棘越长越高，像一道城墙一样把城堡包围起来，只能看到最高的塔楼和旗杆，旗杆上挂着的王旗垂了下来，一动不动。

四季更替，岁月如梭。春天来了，田间林中新芽吐绿、花蕾绽放，展现出一派勃勃的生机。大树经过一冬的休眠，换上了一袭绿色的新装；鸟儿开始欢唱，燕子在屋檐下筑巢；孩子们在明媚的阳光下拍手欢笑，老人们看到林中长满了风铃草和随风起舞的蒲公英，心情十分愉悦。

　　然而在荆棘篱笆内，整个城堡却没有任何生命复苏的迹象，也没有花朵和树木回应春天的召唤。

　　光阴似箭，当年城堡陷入沉睡时城堡周围那些还年纪轻轻的人渐渐老了、去世了，但他们从没忘记女巫预言说有一天，沉睡的公主将会醒来。他们把这个故事告诉自己的孩子，孩子成年后又告诉自己的孩子。这样一代一代传下去，但传来传去便走样了。许多年后，这个传说传到了邻国，许多年轻的王子都希望自己就是命中注定的那个能够打破魔咒、唤醒沉睡公主的人。

　　时不时有人前来冒险，试图劈开茂盛的荆棘找出一条路，但没人成功。尖利的荆棘像一双无情的铁臂，将来访者牢牢困住，令他们既不能前进也无法后退，最后悲惨地死去，变成一堆堆森然白骨。白骨上面爬满了藤蔓，似乎在向后来者警告。

第九章　百年后的勇士

岁月悠悠，春去秋来，漫长的一百年终于过去了。

有一天，一位正在打猎的邻国王子看到在一片茂盛森林中耸立着一座城堡塔楼。他从没来过这个国家，也不知道沉睡公主的故事，于是便向人打听那些塔楼是什么，那座城堡的主人又是谁。

每个人告诉他的故事都不一样。有人说那是一座闹鬼古堡，又有人说那里是所有女巫和巫师聚集、举行神秘仪式的场所。

"不是的，不是的，"一个似乎知道内情的人说，"那座城堡里住着一个巨人，那儿的人都很害怕他，听说他不光偷吃人们的牛和庄稼，还把他们的孩子抓去当仆人。人们没法救出被他囚禁的人，因为城堡周围的那片荆棘森林太茂盛了，谁都闯不进去。"

他们七嘴八舌地说个不停，一人一个说法。最后，一个老农走上前来。

"王子啊，五十年前，"老农说，"我父亲曾经告诉过我关于那座城堡的故事，他就出生在那一带，所以我相信他讲的才是实情。如果你想听，我就给你讲讲。"

王子连连点头，老人便讲了起来：

"我父亲说，在他还没出生以前，那座城堡里住着一位国王、王后和他们的女儿玫瑰公主，那是世界上最美丽的公主。他们不知怎么得罪了女巫，女巫便对王宫里的一切施了魔咒，于是他们陷入了沉睡。我父亲说他们会睡上一百年，一百年后，将会有一位王子前来唤醒这位美丽的公主并娶她为妻。"

年轻的王子听了这话，一颗心怦怦直跳。他隐隐约约感到自己或许就是那个命中注定打破魔咒的人，便问："快告诉我怎么去那座城堡，我要去解除魔咒，救出公主！"

老人摇了摇头："我还没说完呢，王子。许多年轻人都想劈开守卫着那座被施了魔咒的城堡的荆棘森林，每个人都认为自己就是命中注定唤醒睡美人的大英雄，可是没有一个人能活着回来；相反，他们变成了累累白骨，至今还躺在荆棘丛中，警示着那些前来冒险的人们。王子，恳请您不要冲动行事，冒险之前一定三思啊！"

"什么？"王子坚定的眼神似乎要喷出火来，"别人都敢去，我怎么能退缩？我现在就要到城堡里去，如果我没有回来，就请你把我的死讯告诉我的父王！"

说完，王子不顾旁人的苦苦劝阻，怀着满腔爱意和豪情出发了。没人给他指路，他就朝着耸立在远处森林里的城堡塔楼径直走去。可是当他走进森林里，塔楼却不见了。他仍沿着林中小路行走，渐渐地离城堡越来越近。

最后他来到一片林中空地，面前是一道荆棘篱笆，朝着四面八方延伸。

第十章　王子之吻

　　王子越走越近，他果真看到了传说中那个可怕的地方：在一丛丛纠缠盘绕的荆棘中，散落着许多试图穿过荆棘闯进城堡的尸骨。那些尖利的荆棘刺就像一只只锋利的爪子，暗藏杀机。地上四处散落着生锈的盔甲碎片，一顶曾经属于一位王子的黄金头盔，一面带有王子徽记的盾牌，一把镶嵌着宝石的剑鞘。

　　这里安静得可怕，一点儿声音都没有。没有鸟叫，没有虫鸣，没有野兽奔走踩踏落叶的沙沙声，也没有风儿吹过树林的叹息声。在这里，似乎只有荆棘篱笆是有生命的，随时准备着扑向那些试图入侵它所守护的秘密的人。

有那么一刻，王子的心脏几乎停止跳动了，可是谁会嘲笑他呢？这道篱笆密不透风，巨大的荆棘仿佛一把把锋利的匕首般要将人的肌肤刺破。不过就算王子有些犹豫不决，那也只是片刻而已。

　　"我走了这么远，怎么能半途而废呢？"王子自言道，"那些牺牲了的人都是勇士，虽然他们失败了，但他们的勇气会鼓舞我。"于是，王子没有再停留片刻，奋力地披荆斩棘，开辟出一条路。

　　这时王子惊讶地发现，他一碰到这些看起来锋利残忍的荆棘，它们就变得像软绵绵的蓟花一样，蔓延的荆棘枝条非但没有将他缠住，反而像草茎一样弯折了。篱笆在他面前神奇地自动分开，当他走过去的时候，荆棘枝条上绽放出粉红色的野玫瑰，最后，那些纠缠盘绕的篱笆变成了一片花海。

　　王子继续前行，进入了城堡的花园。在他面前，高高的塔楼和角楼沐浴在金色的晨晖中。王子匆匆走过去，他发现花园修剪得整整齐齐，仿佛园丁刚刚才打理过；平坦的道路上没有苔藓或杂草；草坪上的草皮浅浅的，好像才修剪过；花坛打理得井井有条，鲜花盛放，可是花朵却耷拉在花茎上，就连大树也垂下枝条，好像睡着了。

　　到处都是静悄悄的。空中原本应该传来鸟儿啾啾的鸣叫，现在却有一种沉重而慵懒的气氛。没有蝴蝶扇动翅膀，也没有苍蝇嗡嗡乱飞。

草坪上的喷泉没有喷水，王子瞥了一眼喷泉底部的大理石水池，只见睡莲叶子下面的金鱼一动不动，尾巴不摇，鳍也不摆。

他穿过草坪和露台，一个活动的人或动物都没见到。他走进庭院，看见一个哨兵靠着长矛站着，头垂在胸前。一开始王子还以为他死了，可是他的脸色红润鲜活，显然只是睡着了。

庭院里还有其他人，全都一动不动、安安静静的。一排持枪的卫兵靠墙站着，在他们前面，卫兵统领四仰八叉地睡在地上。很显然，当沉睡魔咒降临到城堡时，他正在训练他们。一位正要骑马上山打猎的年轻骑士靠着一匹沉睡的马睡了，他的手腕上站着一只睡着的猎鹰。旁边躺着一个小听差，牵着一条猎犬，一人一狗睡得像死了一样。王子从马厩的窗户望进去，看到一个马夫叼着根稻草躺在地上睡着了。

马厩里和庭院里是同样的情形：马儿站在畜栏里睡着了，鼻子朝着食槽，保持着一百年前的姿势；一匹马儿的背上还蹲伏着一只猫。马夫们东倒西歪地倒在稻草上睡着了。

　　王子穿过马厩走进巨大的厨房，里面也是同样奇怪的景象：厨师一只手揪着一个愁眉苦脸的小帮工的耳朵，另一只手正要伸出去敲他的脑袋。王子见状忍不住笑了。

　　火堆上架着烤好的鹌鹑和肥鹅，这是为公主的生日宴会准备的。一个侍女伏在桌上睡着了，手上还端着一个装满面团的大盆子。沉睡魔咒降临时，她正在做酥皮馅饼；另一个侍女正在给一只黑母鸡拔毛。水槽边一个厨房帮工抱着一个正在刷洗的瓦罐睡着了。

　　王子走进宏伟辉煌的大厅里，看见大臣们有的靠着墙壁睡着了，有的躺在锃亮的地板上睡着了。到处都静悄悄的，王子几乎能听得到自己的呼吸声，他的心跳声就像低沉急促的鼓声。他继续往前走，穿过房间和走廊，上楼又下楼，来到王后的寝宫，王后和侍女们也和其他人一样安静地睡着了。当沉睡魔咒降临到城堡时，一个侍女正在给王后读《特洛伊的历史》，书还摊开放在她的大腿上。

王子又走进国王的会议室，只见国王和国务大臣们围坐在会议桌旁睡着了。平时难得见到这些贵族们像蜡像一样安安静静地一动不动，王子好奇地看了很久。只见有的大臣皱着眉头，仿佛在冥思苦想；有的大臣面带笑容，似乎刚想到什么好主意。国王坐在会议桌主位，伸出手臂搁在桌上指着某人，显然正说着话就睡着了。身边的秘书手里拿着笔，正在一卷羊皮纸上记录国王的发言。

　　王子匆匆忙忙从上到下把城堡走了个遍，每个房间、每扇打开的房门，他都进去瞧了瞧。他知道还有地方没去，因为他还没见到沉睡的公主。虽然一路上见到许多美貌非凡的少女，但他心里知道这些都不是他要唤醒的少女。

　　王子又来到庭院里，发现另一道通往城垛的楼梯。城垛上站着许多卫兵，他们的职责是巡视王国，一旦发现有人经过便立刻报告。但此刻他们也睡着了，其中一个握着号角，仿佛正要吹响号角就睡着了。

王子钻进城垛上的每一座角楼里，但里面除了睡在墙缝里的猫头鹰和倒挂在房梁上的蝙蝠，再也没有别的人或活物。只有一座塔楼还没进去过。那座塔楼十分古老，几乎沦为一片废墟，铁门上锈迹斑斑，墙上爬满了常青藤，显然在沉睡魔咒降临之前就废弃已久。

王子越走越近，心咚咚直跳，他知道他要找的人就在塔楼里面。他推开吱嘎作响的门，迫不及待地爬上旋转楼梯，推开楼顶上的门，走进一间黑漆漆的房间。

他突然欣喜地叫了一声，一个箭步冲上前——玫瑰公主就躺在塔楼的窗户下面的长椅上！

她躺在长椅上，一头散开的秀发犹如金色的瀑布，任何语言都无法描述她的美。王子轻轻走到她的面前。他摸了摸她的手，手是温热的，但她没有动。她的双眼安详地闭着，双唇微启，如同玫瑰花瓣一样甜美润泽，却没有呼吸。

王子久久地凝视着公主，他一生中从未见过如此可爱的少女，然后他情不自禁地弯下腰亲吻她的嘴唇。

——这一吻，就是魔咒的终结！

83 沉睡魔咒

公主的眼皮微微颤动，她慢慢地转过头来，睁开眼睛，嘴角含笑，向着王子伸出双手。

"是你吗，我的王子？"她说，"你让我等了好久！"

第十一章　苏醒的荆棘城堡

就在这一刻，魔咒被打破了，整个城堡从百年沉睡中苏醒过来。城堡里不再是一片死寂，立刻变得喧闹起来。挂钟嗒嗒地响，门咣咣地开合，狗儿汪汪吠叫，公鸡喔喔打鸣，母鸡咯咯欢唱。一阵微风拂过，树枝沙沙摆动。屋顶上的鸽子咕咕叫，檐下的燕子呢喃细语，苍蝇在窗户上嗡嗡飞，老鼠在壁板里吱吱叫着，沿房梁乱窜。花园里，喷泉喷出六十英尺高的水柱，金鱼在莲叶间游来游去。蚂蚁爬出蚁穴在小径上觅食，蝴蝶在花丛中翩翩起舞。花儿仰起头，仿佛在吸收阳光雨露。树枝上，画眉叽叽唱，麻雀喳喳叫，松鸦呱呱噪，山雀啾啾鸣，柳莺叽叽闹。树林里，布谷鸟和乌鸫鸟呼朋引伴。马厩里，马儿醒来了，咀嚼着草料，猫儿跳下来，追逐一只从稻草堆下跑出来的老鼠。

庭院门口，站岗的哨兵醒了，他揉了揉眼睛，立刻站得笔挺。他以为自己刚才不小心打了个盹，不安地朝四周看了看，担心叫人发现了去向统领报告。

持枪卫兵们醒了，卫兵统领也醒了，他为自己在士兵面前睡着了感到十分丢脸，生气地大声喊着口令。

打猎的骑士给猎鹰套上头罩，翻身跃上骏马，小听差牵着猎犬跟随主人一道出发了。在城堡最高的塔楼上，原先垂着的王旗迎风招展，猎猎鼓荡。

包围着沉睡城堡的荆棘篱笆消失了，孔雀在草坪上昂首阔步、高声尖叫；燕子在屋檐下的巢穴里飞进飞出；猪儿哼哼，牛儿哞哞，羊儿咩咩，白嘴鸦呱呱叫，孩子们欢笑雀跃。总而言之，那些我们天天都能听到、但从没留意过的声音又喧闹起来了。刚才城堡里还是死一般的沉寂，现在喧闹得简直要把人的耳朵震破。

城堡的每一个房间里，沉睡了一百年的人们苏醒过来后继续干活，仿佛什么也没发生过。厨房里的火苗跳动着，发出嘶嘶声；水壶里的水烧开了；炖锅里的肉汤咕嘟咕嘟地冒着泡；小帮工转动着烤架，火堆上的烤肉开始冒出热气，嗞嗞作响。

"给你一巴掌，"厨师一百年前的那个巴掌终于落下来了，"叫你偷懒！"

"啊哈！"正在给黑母鸡拔毛的侍女打着呵欠，"我怎么就这样睡着了？但愿厨师没发现！"她加快了干活的速度，把鸡毛拔得满天飞！

"哎呀！"洗碗的仆人说，"我居然抱着这个瓦罐就睡着了，幸好没掉下来！"说完，他继续刷洗。

守在老鼠洞口的猫儿猛地一扑，一百年前把尖嘴巴探出洞外的老鼠像闪电一样飞快地缩了回去，惊慌地逃匿了。猫儿扑了个空，懊恼地叫了一声：喵——

做乳酪的侍女在给奶酪撇去浮沫、搅拌黄油时睡着了。一百年过去了，奶酪还没有变酸，黄油也没有发臭。可是，一只停在奶锅边上睡着的苍蝇醒来后一不留神，掉进牛奶里淹死了，因此它成了魔咒解除时城堡里唯一的受害者。

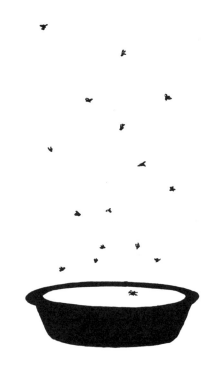

在王后的寝宫里，侍女们坐了起来，打着哈欠伸着懒腰。她们都以为只有自己睡着了，不约而同地辩解自己只是合了合眼。"天气太热了，"她们说，"这个时节的太阳真让人提不起神。"

在国王的会议室里，国王和大臣们醒过来了。大臣们揉了揉眼睛，一个个睡眼惺忪，他们都以为自己打盹儿被人发现了。

"陛下，您刚才说……"首相把身子往前探，毕恭毕敬地问道。

"我刚才说……"国王迟疑道，"我刚才说什么来着？"他伸了个懒腰，打了个呵欠，"诸位爱卿请原谅，我刚才睡着了。哎哟！我的关节都僵硬了。"

"午后小憩而已，"首相说，"陛下一定是昨天打猎太累了。您看我们是继续议事还是明天再议？"

"继续吧，诸位爱卿。"国王快活地说，"我刚打了个盹儿，现在精神好着呢。你们认为刚才讨论的那个法案能通过吗？"

这时，一个小听差跑进来替王后传话，国王一听，立刻起身离开了会议室。

在城堡里的所有人当中，只有王后一醒过来就立刻明白发生了什么事情。她想起了女巫教母的话，知道厄运都已经过去了，她和城堡里的其他人刚刚从一百年的沉睡中苏醒过来。

她首先想到的是自己的女儿玫瑰公主。她在哪儿？发生了什么事？如果她也只是陷入沉睡，那么一切无恙，但万一那个老巫婆的诅咒没能被逆转呢？

她三言两语把自己的担忧告诉国王，国王立刻派人到城堡各处去寻找公主。

与此同时，玫瑰公主和年轻的王子正在古老残破的塔楼中倾心交谈。她还是第一次听说魔咒的故事，不可思议地瞪圆了眼睛，听着心上人讲述城堡里发生的种种怪事。当王子讲到许多年轻人为了闯过高高的荆棘篱笆而送了性命时，公主听得热泪盈眶。

"他们真勇敢，"公主叹息道，"如果我能救活他们就好了。"

王子吻干了公主的眼泪，不再提起这个话题。公主破涕为笑，因为她明白一切都是命中注定。

王子牵着公主的手，把她从沉睡了一百年的长椅上扶起来，他们走下旋转楼梯来到城垛上，发现好多人跑得气喘吁吁的，原来他们到处在寻找公主。

人们见到公主在这里，身边还有一位从未见过的年轻人，感到十分诧异。公主沉睡了一百年以后变得更漂亮了，人们啧啧惊叹。

　　国王和王后见到女儿安然无恙，知道那位善良的年轻女巫的预言生效了，简直高兴坏了！国王高兴得只会一个劲儿地说："上帝保佑！上帝保佑！"王后高兴得流下泪来，什么都说不出来。

当天晚上，城堡里举行了一场盛大的宴会。尽管一百年过去了，但今天仍然是公主的生日。她还是十五岁，时间在城堡里停止了。唯一不同于一百年前的是，今天不但是公主的生日庆典，同时也是她的订婚宴会——国王同意了王子的提亲请求，他把王子和公主的手牵在一起，祝他们永远幸福。